# 낮달의 시간

# 낮달의 시간

**1판 1쇄 발행** 2024. 05. 20
**지은이** 가랑비메이커
**편집 | 디자인** 고애라
**발행처** 문장과장면들 (979-11) 966454
**등록** 2019년 02월 21일 (제25100-2019-000005호)
**팩스** 0504) 314-0120
**이메일** sentenceandscenes@gmail.com
**인스타그램** instagram.com/sentenceandscenes

세상에 작은 빛을 전하기 위해 책을 만듭니다.
**문장과장면들**은 우리가 이야기하는 방식입니다.

# 낯달의 시간

## Until your moon rises

가랑비메이커 단상집

한낮의 희미한 달을 본다.

다가올 어둠을 기대하는 고요한 마음으로.

설익은 문장들, 흩날리는 종이들.

나는 지금 희미한 시간을 견디는 중이다.

충실히, 고요히.

낮달의 시간에서, 가랑비.

1부

아침 바람

........................................................................................

2부
오후 허밍

3부

저녁 그늘

4부
한밤 산책

# 1부

---

## 아침 바람

# 낮달의 시간

낮에는 달도 희미하다.

　　나른한 오후에 블라인드를 걷다가 마주친 희미한 낮달을 오래 바라본다. 까만 모니터에 비친 야윈 얼굴 위로 하얀 낮달이 어른거린다. 아직은 기다려야 할 때다. 환한 빛을 발할 때까지 조금 더 차오를 때까지 기다려야 하는 것이 나만은 아니다. 아무도 없는 곳에서 이토록 많은 말을 남길 수 있는 것은 이 모든 이야기들이 영영 혼잣말로 남겨지지는 않을 것이라는 믿음 때문이다.

　　설익은 문장들, 흩날리는 종이들. 희미한 시간을 견디는 중이다. 눈에 띄지는 않아도 가슴속에 환한 빛을 머금고 있는 나는 지금 낮달의 시간을 건너가는 중이다. 충실히, 고요히.

## 오후의 서른

해가 가장 높이 떠있는 오후 세 시. 볕에 반짝
이는 모래알을 바라보며 남은 하루를 지탱할
힘을 얻는다. 삶이 뾰족해지기 시작하는 서른.
더는 어쭙잖은 시선과 책임에 휘둘려서 진정
사랑하는 것들을 모른 체하며 살고 싶지 않다.
한 번쯤은 나를 걸어보고 싶던 순간들을 모른
척 지나쳐 오며 잃은 것은 나였다.

　모든 문이 활짝 열려 있는 한낮의 서른. 비
겁하게 살아가기에는 너무 아름다운 시간에
도착했다.

## 나지막한 취향

책을 쓰며 살지만 나의 책장은 단출하다. 팟캐스트에서 영화를 소개하고 있지만 현재 상영 중인 영화들을 잘 모른다. 취향은 사랑과 달리 독점하지 않고도 유지할 수 있다. 어쩌면 독점하거나 증명해 보이지 않음으로 오래 천천히 견지할 수 있는지도 모른다.

읽지 않은 책들, 오래 지나지 않아서 잊어버린 영화 티켓들을 전시하지 않아도 나는 책을 쓰고 영화를 사랑한다. 누구의 인정도 동의도 필요로 하지 않는 고요하고 나지막한 나의 취향, 나의 삶이다.

---

팟캐스트 《아주 오래전에》에서 애나라는 이름으로 책과 영화를 소개하고 있다.

# 발톱을 줍는 시간

여름이 갔다. 직감적으로 알 수 있다. 밤새 앓 았다. 나의 환절기는 언제나 짓궂은 모습으로 알은체를 해달라 한다. 책에도 챕터와 챕터 사 이에 빈 페이지가 존재하듯 나의 계절에도 행 간이 필요하다. 하얀 새벽을 보내며 나를 어루 만지는 메시지를 읽었다. 식구들의 근심을 먹 으며 겨우 잠들고 늦은 아침을 맞았다. 제법 서늘해진 가을 바람이 고맙다. 짧은 환절기는 지난 여름을 달리며 부러뜨렸던 발톱의 잔해 들을 줍는 시간이다.

# 나무

아무것도 못하고 제자리에 주저앉아서 나이
만 먹은 것 같은 기분이 들 때가 있다. 가만히
서서 나이테만 늘어난 늙은 나무처럼.

　　고집스럽게 버텨낸 세월들, 누구도 오래
들여다봐주지 않을 것 같아서 불현듯 전전긍
긍하는 밤이 있다. 조금 덜 고집부리고 조금
더 유연했더라면 바람을 타고 누군가의 손에
붙들려 어디로든 흘러갈 수 있지 않았을까.
무책임한 가정들만 늘어놓다가 다시 나무를
생각한다. 겨울에는 헐벗은 채로 섰다가 봄에
는 새순을 틔우고 여름에는 두 손을 활짝 펴
그늘 동굴을 만들고 가을에는 다시 고요하게
자리를 지키는 우직하고 단단한 그 몸을 떠올
리다가, 새로운 꿈을 꾼다.

이미 오래 지켜온 자리라면 이곳에서 내가
풍경이 되겠다고.

# 걸어볼 희망

(오직) 돈을 벌기 위해서였다면 결코 글을 쓰지 않았을 거다. 그러나 글이 아닌 다른 일이 내게 더 많은 돈을 가져다줬을지는 역시 모를 일이다. 마찬가지로 오늘은 가난한 작가에 불과하지만 내일은 무엇이 될지 모른다.

결국, 모두 알 수 없는 일이라면 나는 이 한 줄의 문장에 절망보다는 희망을 걸어볼 것이다.

# 모퉁이를 접으며

- 김진영 『아침의 피아노』를 읽고

하얀 쇼파 위에 웅크린 채 창백한 책* 한 권을 오래도록 읽던 이른 저녁을 기억한다. 굽은 어깨를 하고서 마른 침으로 넘기던 페이지와 함께 흘러가던 고요. 문장을 따라가다가도 자주 페이지를 벗어나 텅 빈 벽으로 흐르던 시선을, 이따금 가라앉은 목소리와 새된 소리로 읽어보던 나직한 문장들을 기억한다.

침상에 누워 매일 조금씩 사랑을 적었다는 어느 철학자의 하루들이, 그 깃털처럼 가볍고 우물처럼 깊던 문장들이 마지막 장에 다다를 즈음 가만히 숨을 고르고 눈물을 참아내던 여린 나를 기억한다. 쉽게 넘길 수 없는 페이지를 만날 때마다 부지런히 모퉁이를 접었다.

생이 허락한 마지막 절벽 앞에서조차 절망

아닌 사랑을 찾던 이의 외침을, 그 외침에 찔려버린 나의 젊음과 어리석음을 기억하자고 모서리를 접었다. 스러지는 하나의 생이 남겨둔 마지막 페이지, 단 한 줄의 문장을 읽어내는 데 그 어느 페이지보다 많은 시간이 걸렸다.

마지막까지도 이 세상을 사랑했다는 그의 말이 유언이 되어 남겨졌을 때, 꼭 참았던 숨을 간신히 내뱉었다. 어두워진 창에 비친 얼굴을 가만히 바라보았다. 붉게 상기된 얼굴과 떨리는 호흡까지 모두 안으며 정답이 없는 질문들을 던졌다. 수없이 많은 모퉁이를 접으면서도 한 줄의 메모도 남기지 않았지만 알 수 있었다. 모퉁이를 접으며 두꺼워진 건 책만이 아니었다고.

| 김진영, 『아침의 피아노』, 한겨레 출판, 2018

# 겨자씨

세상을 이기기 위해서는 겨자씨만 한 믿음이
면 된다. 소망도 사랑도, 빛도 아주 작은 발견
에서 시작된다. 끈질기게 붙드는 용기를 낸다
면 우리는 산을 들어 바다에 던질 수도 있다.
믿음만 있다면.

| 마태복음 17:20

# 다중채널

인생은 다중채널. 한 채널에서는 웃음이 끊이
질 않고 다른 채널에서는 눈물이 마르지 않는
다. 아름답고 다채로운 채널이 있듯 흑백의 채
널, 무성의 채널도 있다. 그래서 우리는 울다
가 웃고 웃다가 우는, 그 어려운 일을 하루에
도 몇 번이나 해낸다.

# 배낭

배낭을 멜 때마다 여행자가 된 기분이 든다. 사방으로 난 주머니에 혹시나 필요할지 모를 살림을 챙겨 넣는다. 다 읽지 못한 시집을 한 권 가지런히 세워 담고 날이 추워질지 모르니 얇은 머플러 하나를 둘둘 말아 넣는다. 만나기로 한 이가 늦을 것을 대비해 작은 노트를 챙기는 것도 잊지 않는다. 불현듯 떠오르는 문장이나 장면을 놓치지 않기 위해서.

　나의 모양새는 계절과 관계없이 여행자 혹은 보부상에 가깝다. 호리호리한 몸에 커다란 배낭을 메고 걷다 보면 늘 마주하던 길목도 하나의 여행지가 된다. 배낭 안에 챙겨온 도구를 하나둘 늘여 놓으며 지도를 그리는 일은 내게 허락된 매일의 놀이다.

## 마음은 굴뚝

마음은 굴뚝 같은데, 전하지 못한 말들.
마음은 굴뚝 같은데, 사주지 못하는 선물들.
마음은 굴뚝 같은데, 미처 하지 못한 포옹과
마음은 굴뚝 같은데, 던지지 못한 모든 마음을
과소평가하지 않아야지.

　끝내, 미처 그러지 못하는 그 마음의 깊이
와 부피를 기어코 알아차리고 오래 감사하며
살아야지. 그 마음들을 외롭고 서글프게 두지
말아야지.

# 마중물

넉넉한 삶은 아니었지만 때마다 이유 없는 사랑과 응원을 부어주는 이들을 만날 수 있었다. 아직 무엇도 되지 않았을 때 기꺼이 내게 물을 주던 사람들 덕분에 바싹 말라비틀어지지 않을 수 있었다. 조건 없는 애정과 응원이 쏟아질 때, 내가 기도한 것은 하나였다.

내게 닿은 이 단비가 밑 빠진 독에 붓는 물이 아니라 마중물이 되는 것. 나의 물꼬가 트기를 기다리며 인내해 준 이들에게 맑고 아름다운 파도를 선사하는 것은 내게 여전히 현재진행형의 꿈이다.

# 뒷모습

누군가의 뒷모습을 오래 들여다본 적이 있는 사람은 안다. 내려앉은 어깨가, 흩날리는 머리칼이, 조심스레 딛는 걸음이 유난히 처연하게 느껴지는 날이 있다는 것을. 그것을 감지하는 안테나는 오직 사랑으로부터 뻗어져 나온다는 것을.

    사랑은 두 눈을 마주하지 않는 순간까지 오래도록 바라보는 것이다. 우두커니 서서 말없이 위로하고 손 없이 그의 등을 쓰다듬다가 조용히 돌아서는 것이다. 알아차리지 않아도 좋을 나의 다정을 기꺼이 두고 오는 것, 사랑이다.

# 하루살이와 왈츠

너무 많은 오늘이 내일에게 빼앗겼는지도 모른다. 눈치를 보다 양껏 먹으려던 식사를 덜어내고, 용기 내 건네려던 말들을 삼키며. 아직은 알 수 없는 행운과 불행에 지나친 기대와 두려움을 집어먹는 바람에 제 몫을 다 챙기지 못했다는 생각이 불현듯 찾아오는 오후다.

어른이 되어서는 한 푼도 저금하지 않은 달이 없다. 그러나 갈수록 나는 더 가난해지는 기분이다. 저축과 투자에 대해서는 배웠어도 헐렁이는 주머니를 가졌을 때보다 더 옹졸해지는 기분을 떨치는 법은 배우지 못했다. 이른 아침부터 늦은 밤까지 부지런히 움직였지만 오늘에 충실했던 오늘이 과연 며칠이나 되는

지 자신할 수 없는 시절을 지나고 있다. 시간의 흐름은 갈수록 빠르게 다가오고 나는 이제 뛰는 사람처럼 걷는다.

'오늘 뛰면 내일은 조금 더 느리게 걸을 수 있을까? 마치 왈츠를 추듯.' 끝내 이뤄지지 않을 것만 같은 비밀스러운 바람을 주머니에 욱여 넣고서.

*

하루살이의 삶에 대해 들은 적이 있다. 사실은 하루가 아니라 일주일 안팎을 살다가 간다고 한다. 지독히도 짧은 삶이라 오늘만을 위해 오늘을 살다가 가는 그들의 삶. 덧없다고 말하지만, 인간의 생애가 주어졌더라면 이야기는 달라졌을 거다. 막연한 기대도 두려움도 충실한 하루를 쌓는 사람들은 어디에도 묶일 수 없을 테니까. 옹졸함도 두려움도 없이 왈츠

를 추듯, 비행을 하듯 가볍게 멀리 날아갔을
지도 모른다. 어디로든.

하루살이처럼 살기로 결심한다. 어제는 까
맣게 잊고 내일은 모르는 사람처럼 살기로 한
다. 너무 느리지도 너무 빠르지 않게 걷고, 오
늘을 주리지 않을 만큼만 저축하며, 울분을 쌓
지 않는 가벼운 삶. 마치 날아갈 듯이.

# 상상이라는 위로

'문을 벽에다 내는 것이다.'*라는 말에 마음을 빼앗겨 벽을 만날 때마다 문을 내기 위해 열을 냈던 때가 있었다. 힘껏 소리 지르며 열과 성을 다하며 스스로를 태우던 시절을 지나고 다행스럽게도 내게 남은 것이 재만은 아니었다. 이렇다 할 만한 성과와 환희, 혹은 절망마저도 아름다운 젊음의 기록이었다.

그러나 이따금 문을 상상하기 조차 어려운 벽을 마주하고는 한다. 으악, 내지를 힘조차 없을 때 나는 견고한 벽 앞에 서서 내가 사랑하는 것들을 떠올린다. 어린 시절 우스꽝스러운 모습이 담긴 사진, 연인의 편지, 좋아하는

---

비노바 바베 Vinoba Bhave (1895~1982) | 인도 철학자

영화 포스터를 벽면에 덕지덕지 붙이는 상상을 한다. 나를 무력하게 하던 벽은 순식간에 내가 사랑하는 전시장으로 바뀐다. 도망치고만 싶었던 자리에서 다시금 마음을 일으키고 두 발에 힘을 줄 용기를 얻는다.

상상력은 마음이 괴로울 때, 우리를 가장 근사하게 위로할 수 있는 능력이다.

## 바다

바다는 늘 청춘 같다. 늙지도 않고 해가 있는 곳이면 늘 찬란하게 반짝인다. 터지는 웃음소리와 소곤소곤 나누는 말들이 들려오는 아름다운 곳에서는 누구도 혼자가 아니다.

# 빈자리

베란다를 정리하다 겨우내 버티다 제 몫을 다
한 나뭇잎들을 주웠다. 마른 가지에 각질이
하얗게 일어나 있다. 빈자리에 남겨진 가려움
을 벅벅 긁고 나면 새로운 잎이 돋을 것이다.

# 돌아갈 곳 없는

시간을 되돌릴 수 있다면 언제로 돌아가고 싶냐는 질문을 받을 때마다 꿀먹은 벙어리가 된다.

시간을,
되돌려,
언제로,
어디로,
왜,
돌아가고 싶을까.

'사랑하는 사람이 처음 생겼을 때,
섣부르게 퇴사를 결심하기 전으로,
자존심을 세우며 사람들을 잃기 전으로.......'

저마다 경쟁하듯 다른 답을 내놓지만 나는 입을 떼지 못한다.

아직 더 사랑 받던 때, 아직 덜 불안하던 때, 아직 더 남아 있을 때로 돌아간다고 해서 지금 여기에 산재된 미움과 위태로움과 공허가 사라지려나. 긴 터널과도 같던 눅눅한 시간을 다시 겪어낼 만큼 찬란하고 아름답던 인생의 호황기가 나에게 있던가. 가엾게도 아직은 내게 오늘이 가장 찬란하고 단단하다. 돌아갈 곳이라고는 없다. 우습게도 그 사실이 썩 위로가 된다.

# 분수

때우듯이 사는 삶에 익숙해진 사람은 종종 기본적인 삶과 사치를 혼동하곤 한다.

'대충 때우는 식사, 허겁지겁 신고 나오는 운동화, 아무렇게나 쌓아둔 살림들. 제때 먹지 못한 제철 과일과 맛보지 못한 단 낮잠......'

습관처럼 무시하고 포기하던 것들이 쌓여 삶의 분수를 만든다. 내 삶의 한도를 높이기 위해서는 나의 승인이 필요하다.

# 드라이빙

마음을 옴짝달싹할 수 없을 때 운전을 시작했다. 평생 뒷좌석에 앉아서 여정의 측면만을 바라보던 때와는 아주 다른 기분이었다. 어디로 어떻게 갈 것인지 모두 내가 결정해야 한다는 것은 책임보다는 자유에 가까운 일이었다. 핸들을 트는 미묘한 각도에 따라, 엑셀에 싣는 무게에 따라 몸의 방향과 속도가 달라지는 예민한 일이 위안이 되는 것은 왜일까.

사방이 막힌 듯한 기분이 들 때는 운전대를 잡아보라는 그 말에 빨래를 짜듯 낸 작은 용기 덕분에 계절을 정면으로 마주하는 또 다른 방법을 찾았다.

# 슬픔 없는 얼굴

상처 없이 자라는 어른은 없다는 말이 위로가 되던 시절이 있었다. 무표정한 얼굴로 빠르게 나를 스쳐 지나가는 이들에게도 나와 같은 슬픔의 구덩이가, 불면의 시절이 있었을 거라는 생각만으로도 외롭지 않을 수 있었다. 슬픔이나 괴로움은 절대적인 상처보다도 상대적인 결핍에서 온다. '왜 나만?'이라는 생각을 멈추는 것만으로도 삶의 무게가 덜어지는 것만 같다.

　　허나 이제는 저마다 견뎌야 했을 상처를 알게 될 때 안도보다는 서글픔이 밀려온다. 슬픔으로 난 작은 구멍이 구덩이가 되어가는 동안 그 단단한 얼굴이 얼마나 자주 일그러져야 했을지 알고 있기 때문일까.

나의 슬픔이 너의 슬픔이기를 바라던 시절은
완전히 지나갔다. 다만, 나의 슬픔이 너에게
흐르지 않도록 꽉 묶어서 저 멀리 던져 버리고
싶다.

집집마다 사연이 없다는 말을 되새길 때마
다 긴 복도에 일렬로 서있는 같은 모양의 문들
을 떠올린다. 낡은 문고리를 붙잡고 이른 아침
밖을 나서는 사람들의 등을 상상하는 일에는
언제나 시큰해진 코끝이 함께한다.

# 전개

다들 그렇게 살아가는 걸까. 생각과는 다르게 살아지는 삶에 반문하던 시절을 지나 조금은 체념한 듯 제 자리를 찾아가는 지금. 야망을 품기에는 늦은 듯하고 이대로 안주하기에는 겨우 이 정도의 삶이라니-, 조금은 서글퍼진다.

어정쩡한 성과와 애매한 재능은 선물이 아니라는 말. 냉소적인 조언에 휘둘려 지나온 걸음을 의심하고 미워하고 싶지는 않다. 이내 마음을 고쳐먹는다. 그럼에도 아직은 끝이 아니다. 나의 삶도, 꿈도 여전히 결말이 아닌 전개 중이다. 어디로든 뻗어갈 수 있는 시간이 아직 있다.

# 2부

오후 허밍

## 피부의 일부

누군가를 사랑하는 일은 마치 그 사람을 나의 피부의 일부처럼 감각하는 일이다. 그의 통증이 나에게 번져오고 그의 기쁨이 나의 환희가 된다. 때때로 그의 아픔에 내가 먼저 울어버리고 마는 바보 같은 환각 혹은 착각.

종국에는 나의 일부가 아니라 나의 전부, 나의 세계가 되는 일이다. 그의 이름이 나의 이름이 되는 일, 사랑.

# 포옹의 방식

아침을 먹으려고 프라이팬 위에 달걀 두 개를 깼다. 잠시 한 눈을 팔았더니 어느새 하나가 되어 있다. 노른자 하나는 중심을 지키고 다른 하나는 툭 터져서 그 곁에 뭉개져 있는 모습을 보니 포옹이다.

누구든 서로를 안기 위해서 조금은 뭉개진 얼굴을 해야 한다. 고개를 엇갈리게 두고 볼을 뭉개고 두 발에 힘을 주고 지탱하며. 아침을 먹기도 전에 배부른 배움을 하나 얻었다.

# 사랑의 전사

사랑을 약속하는 일은 당신으로 인해 눈물을 흘리기로, 당신으로 인해 나의 세상이 무너지는 것을 기꺼이 감당하기로 작정하는 일이다. 내게 슬픔도 절망도 괴로움도 오직 당신만이 줄 수 있다는 것을 고백하는 일이다. 동시에, 슬픔도 절망도 괴로움도 내게서 당신을 져버리지 못한다는 선언이다.

사랑을 통과한 나그네는 모두 전사가 된다.

# 동산

지독한 수족냉증을 앓는 탓에 손이 따듯한 사람을 만나고 싶었다. 그러나 이 겨울, 내 손을 녹이는 건 나보다 더 차가운 손을 지닌 사람이다. 꽝꽝 얼어붙은 손과 손에 선명한 사랑과 약간의 견딤이 더해지면 마침내 온기가 번지기 시작한다.

얼어붙은 몸과 몸이 엉기면 빙산이 아니라 동산이 된다.

# 기꺼이, 사랑

내가 사랑하는 사람들은 나를 울게 하지만 그
들이 없더라면 내 얼굴에 미소가 스칠 일도 없
었을 거다. 사막에 사느니 이따금 덮쳐오는 파
도에 휩쓸리며 살기로 작정하는 일, 어쩌면
그것이 사랑인지도 모른다.

# 곁눈질

꽤 오랜 시간 곁눈질하듯 세상을 지켜보며 사
람들을 지나쳤다. 머물게 되면 사랑하게 될 것
을 알았으므로. 사랑은 나에게 연민과 서글픔,
눈물의 이름이 될 거라는 것도 알았다.

비겁한 어른이 돼버린 것은 지나치게 용감
한 어린 시절을 지나온 탓이라고 핑계를 댔다.
발자국도 남지 않을 만큼 고요하고 고독한 삶
을 동경하던 시절이 있었다. 길가에 핀 모든
존재에게서 서글픔이란 이름의 꽃 냄새를 맡
기도 했다. 꽃 중에는 아름답지 않은 꽃도 있
지만 누구도 그것을 꽃이 아니라고 말하지 않
는다. 사람은 종종 잊혀지고 부정되지만.

8번 출구에 서서 사람을 기다리는 10분 동

안, 나이 든 여자가 쥐고 흔드는 개나리색의 전단지를 겨우 두 사람이 받았다. 빳빳한 정장을 입고 달리듯 걷는 남자와 아직 도착하지 않은 사람을 기다리는 나. 손을 뻗어 전단지를 건네받는 짧은 사이에 고개 숙여 고맙다는 말을 반복하는 이를 보며 생각한다. 겨우 몇 초의 시간, 고작 한 뼘의 동작만으로 누군가를 구원할 수 있을까.

지난여름에는 땀에 절은 메모지를 유일한 지도 삼아서 길을 헤매던 노인과 나란히 걸었다. 땀에 지워진 한 글자가 그를 더 늙게 만들었을지도 모를 만큼 더운 한낮이었다. 목적지에 도착하자, 우는 듯한 얼굴로 기뻐하던 낯이 기억에 오래 남았다. 어쩌면 우리는 너무 많은 수고와 실수를 피하며 살아가고 있는 것은 아닐까, 부끄럽고 서글픈 저녁을 보냈다.

무심한 얼굴로 턱끝을 든 채 걷고 있지만 내 안에는 그리스도가 준 사랑과 나약한 인간의 서글픔이 넘실거리고 있다. 지나칠 수 없는 사랑이 거부할 수 없이 자라나고 있다. 거리에는 저마다의 책들이 펄럭거린다. 전부 읽을 수는 없지만 모두 궁금하다.

# 사랑의 재료

사랑을 사랑만으로도 할 수 있다는 것을 내게 알려준 사람은 없었다. 턱을 괸 채 물끄러미 나를 바라보는 이 사람을 만나기 전까지는.

　사랑은 기브 앤 테이크는 아니라는 말을 믿고 싶었지만 기브 앤 기브 앤 기브 다음으로, 우리가 목 빠지게 기다리는 것은 테이크라는 걸 알고 있었으므로 받는 것이 늘어갈수록 기쁨보다 불안이 컸다. 종종 도망치고 싶었다. 배부른 투정보다는 서글픈 현실이었다.

　사랑에도 재료가 필요하다 믿었던 시절이었다. 부끄럽지 않은 옷차림, 근사한 식사, 뜻밖의 기쁨을 선사할 수 있는 선물. 사랑을 사랑만으로 할 수 있던 시절은 코흘리개 아이들

에게도 너무 오래된 이야기가 되었다는 것을
알았다. 나는 종종 준비물을 챙겨오지 못한 어
린아이처럼 의기소침해졌고 마침내 불량아가
되었다. 하릴 없이 긴 시간 나의 사랑은 부재
중이었다.

　　그러다 그를 만났다. 아무 셈도 모르는 사
람처럼 가만한 까만 눈동자를 가진 사람. 며칠
전 신발 몇 켤레를 팔더니 오늘은 내게 털부츠
를 사 건네며 서둘러 말한다. "수족냉증이 있
으면, 겨울에는 발이 더 시렵잖아." 나의 작은
필요를 민감하게 감지하는 안테나를 가졌지만
그에 비해 모든 게 둔감하고 둥글다. 마치 어
린시절에 준비물을 가져오지 못해 엎드려 엉
엉 울고 있으면, 둥근 손가락으로 내 등을 툭
툭 두드리고는 제 것을 하나 뚝 떼어다 주고
씩 웃는 아이처럼 사랑스럽고 넉넉한 사람.
제 볼이 얼마나 찌그러져 있는 줄도　모르고
푹, 턱을 괴고 있는 모양만 보아도 알 수 있다.

그가 나에게 기대하는 것이 사랑 외에는 무엇도 없다는 것을.

　사랑에는 재료가 필요하지 않다. 사랑은 그 자체로 온전하여 오직 사랑만을 필요로 한다. 오직 사랑만을……. 그렇다면 자신 있다. 내게 준비된 것은 오직 사랑뿐이니.

# 증명의 시대

이 시대는 증명하는 데 너무 많은 걸 쏟고 있지 않은가 생각한다. 남다른 취향을, 꽤 깊은 예술적 소양을, 특별한 경험과 환경을 증명하기 위해 삶의 적지 않은 부분을 허비한다. 사랑 마저 예외는 아니다. 목청이 터져라, 소리치는 사랑도 있다. 마치 세상의 중심에서 저 끝까지 사랑을 증명해야 할 사명을 받은 사람처럼. 그러나 사랑은 가까이에 있다. 숨결이 닿을 듯이, 늘 그렇게.

증명하지 않아도 되는 유일한 항목은 사랑일지 모른다. 두 눈을 마주한 한 사람만을 이해시키고 기쁘게 하는 사랑, 그리하여 온 세상이 비밀스럽게 변해가는 것을 목격하고 싶다. 속삭이는 사랑은 가라앉는 법이 없다.

# 촌스러운 사랑

엉킨 이어폰 줄을 풀 시간조차 아까워하는 시대에서 엉킨 관계들에 '미워도 다시 한번'을 바라는 건 바보 같은 일이란 걸 안다. 모두가 똑똑하고 바쁘다. 당신과 나만 그토록 느리고 엉성했을 뿐이다. 그 탓에 애국가처럼 길고 지루한 슬픔을 나눠가졌지만 덕분에 촌스러운 사랑도 못생긴 웃음도 나눴다. 당신이 떠난 자리에서 나는 여전히 세상에는 촌스러울수록 아름다운 것들이 있다고 믿는다.

엉킨 이어폰 줄을 풀다가 닫지 못한 가방이 쏟아져서, 그러다 지하철을 놓쳐서. 텅 빈 플랫폼 위에서 잠시 당신을 그리워했다. 촌스럽게도. 누구도 뒤돌아 보지 않는 월요일의 이른 아침에.

# 지하 공연장

좁은 지하 공연장에서 숨을 죽인 채 들었던 무명 뮤지션의 목소리를 기억한다. 좁은 간격을 둔 오래된 나무 의자들은 작은 움직임에도 요란한 소리를 냈고 경험이 적은 뮤지션은 불규칙적으로 목소리를 떨었다.

낡은 스피커에서 전기가 흐르는 소리, 그 위로 차곡차곡 쌓이는 소음들이 만들어 내던 하모니는 춥고 주렸던 그 시절의 나를 위로하기에 더할 나위 없었다. 두 눈을 감은 채 웃음 짓다가도 별안간 울음이 터져서 고개를 숙이다 그만, 까만 뒤통수에 입을 맞추고 만 희귀한 경험도 다시 없었다. 모든 게 거짓말 같은 우연처럼 차곡차곡, 필연의 위로가 되어 나를 덮쳤던 그날 밤. 여린 목소리를 지닌 가수와

좁은 의자에 몸을 구긴 채 동그란 뒷통수들을
향해 사랑을 고백했다는 걸 아무도 모르겠지.

# 두리번거리기

조금 자란 머리칼을 매만지는 일, 마른 잎을
물수건으로 닦아주는 일, 빠진 이가 조금씩 자
라나는 것을 확인하는 일…….

사랑은 구석구석 살피며 알아차리는 것부
터 시작된다. 나의 매일은 사랑을 찾아 두리번
거리는 일로 시작된다.

# 결말

사랑의 결말이 반드시 행복일 수는 없다.
사랑의 결말이 반드시 행복일 필요는 없다.
사랑의 결말은 이따금 불행, 후회, 미련이며
그러하기에 우리는 다시 사랑을 꿈꿀 수 있다.

# 앞만 보고 걷기

헤어져 걷기 시작하면 뒤를 돌아보지 않는다.
아직 등을 보이지 못한 당신이 가만히 서서
멀어지는 나의 등을, 희미해지는 나의 잔향을
쫓고 있다는 사실을 알지만 돌아보지 않는다.
다만 일정한 보폭으로 멀어질 뿐이다.

　　한 번쯤은 화답하듯 돌아볼 수도 있지만
당신의 시선이 얼마나 오래 나를 쫓고 있는지
궁금해질 때도 있지만 안녕을 말한 후에는 언
제나 앞만 보고 걷기. 함께였던 우리가 흩어져
걷기 시작할 때면 나의 등과 발끝을 쓰다듬는
눈을 가만히 느끼고 싶어질 때가 있다.

# 애정의 높이

높은 층의 창가에 기대어 바깥을 내려다보면 일사불란하게 움직이는 모든 존재들이 서글프게 느껴진다. 어둑한 서글픔이 아닌 따스한 애정으로 물든 서글픔이다.

횡단보도를 막 건너기 시작한 학생들이 반대편에서 건너오는 친구를 향해 보내는 반가운 기색, 버스 정류장에 앉아서 전광판을 응시하는 사람들, 노란 버스에서 쏟아져 내리는 아이들을 환대하는 어른들의 모습. 그 곁을 아무도 모르게 고요히 묵묵히 지나쳐 가는 낡은 수레와 노인을 한참 바라본다. 사거리에 이르자 몇 발자국 뒤에서 노인의 굽은 등을 가만히 바라보는 젊은 남녀가 있다. 소리를 들을 수는 없지만 노인을 돕고 싶지만 용기가 나지 않는 듯싶다. 신호가 바뀌자 낡은 수레는 부지런히 실은 박스들을 튕기듯 텅텅 굴러가지만 너무 느리다. 얼마 남지 않은 신호가 깜빡거리자 젊은 남녀가 수레 뒤에 바짝 붙어서 느리게 걷기 시작했다. 마치 보좌를 하듯 노인의 낡은 수레의 속도에 맞추어 걷는 남녀는 도로 위의 차들에 양해를 구하는 듯 고개를 반쯤 숙이고 있다.

굽은 세 개의 등이 나란히 횡단보도를 건널 동안 누구도 경적을 울리지 않았다. 그 순간 빨갛게 바뀐 신호는 무채색의 거리를 붉게 물들인 다정이었다. 무사히 횡단보도를 건넌 노인은 잠시 숨을 골랐고 뒤에서 천천히 걷던 젊은이들은 잠시 노인을 바라보다 반대편의 길로 사라졌다.

*

사람과 사람이 만나 이루는 사랑과 염려, 다정을 헤아리기 위해서는 때로 거리가 필요한지도 모른다. 살을 부대끼며 늘어난 투정과 회피로부터 멀어지고 싶을 때면 높은 건물을 찾아 숨는다. 보이지 않았던 사랑의 조각들을 추적하는 마음으로.

　신께서 실수투성이 인간을 그토록 사랑할 수 있는 건 어쩌면 높은 곳에서 모든 것을 펼쳐볼 수 있는 시선에 있는 지도 모르겠다는 주제넘은 상상을 해본다.

# 거슬림

사랑의 신호는 자석처럼 강한 이끌림보다도
은근한 거슬림인지도 모른다. 은은한 잔상처
럼 희미한 허밍처럼 시선과 혀끝에 맴도는 어
떠한 힘.

    곁을 스쳐 지나가는 숱한 사람들 가운데
작은 모래알 같던 당신과 내가 기어코 서로의
눈에 거슬려서 이토록 반짝이는 의미가 되었
다.

# 건너가는 시간

계절은 언제나 소리없이 옷을 갈아입는다. 조금은 불규칙한 듯 해도 서로의 영역을 침범하지 않는다. 참으로 아름답고 정교한 변화.

덜익은 밤송이가 바닥을 뒹굴며 가을이 올 자리를 준비한다. 끝물의 능소화는 여름이 지나가는 길목에서도 여전히 붉다. 한낮의 더위와 초저녁의 서늘함이 이 하루를 머물다 흩어진다. 환절기를 지난다. 늘 콜록거리기 바빴던 환절기를 맞잡은 손을 흔들며 건너가고 있다. 아직은 모든 게 설익지만 조심스럽게 제자리를 찾아가는 중이다.

## 자격지심

내 안의 가시가 삐죽 삐죽 돋아나서 당신을 가까이에 둘 수 없는 일. 안아주고 싶은 마음으로 할퀴고 마는 일. 얼굴을 숨긴 채 등을 보이고 말지만, 미움보다는 사랑에 가까운 이마음조차 내내 알아채지 않기를 기도하는 마음.

# 시절 인연

한때 가장 가까웠던 이들의 생사를 알지 못하
는 지금, 내게 남은 것은 미련이 아닌 찬란하
던 시절에 대한 여운이다. 이 모양 저 모양으
로 울고 웃으며 내 인생에 등장인물이 되어 주
어서 고맙다는 말을 못다 전하지 못한 것은 아
쉬움으로 남아 있다. 넓게 열어둔 문으로 밀려
들어온 이들 중에는 다시 넓은 문으로 흩어진
사람들과 더 좁고 깊숙한 곳에 남은 사람들이
있다. 인연의 기한은 시간이 지난 후에야 알
수 있다. 누가 내 인생의 마지막 화까지 함께
할 주연인지, 잠시 머물다 하차할 엑스트라인
지는 금세 알 수 없다.

서툴고 미련하던 시절에 만나 지독하게 얽
히고 아꼈던 이들과 하나둘 멀어져 가는 동안

한 시절을 함께할 새 인연을 만나기도 했다. 얼마나 긴 시절을 함께하게 할 수 있을지는 생각하지 않기로 한다. 다만 함께 머무는 시절에 충실할 것이다. 사라진 이들의 뒤꽁무니를 쫓기보다 곁에 있는 이들에게 내가 가진 다정과 단단한 사랑을 다할 것이다. 나의 한 시절을 빼곡히 채워준 나의 시절 인연들에게 내게 가르쳐 준 것처럼.

# 말 많은 사람

하나의 언어에도 통역이 필요하다는 걸 알게
된 후로 나의 말들은 장황해졌다. 조금은 구차
하고 집요하게 느껴지더라도 이 길만이 당신
과 나 사이의 불청객 같은 오해를 내쫓는 길이
라면, 나는 언제라도 촌스럽고 말 많은 사람이
될 용기를 낼 것이다.

# 나 같은

나는 아닌데 가끔은 나보다 더 나 같은 선택,
나 같은 위로, 나 같은 사랑을 주는 사람이 나
에게는 있다.*

---

1993년 1월 20일 대한, 함께 울음을 터뜨리며 세상을 마주
한 사람이 있어 나는 단 한 순간도 오롯이 혼자이지 않을 수
있었다.

## 모서리를 어루만지는 시간

잔잔한 일상에 이따금 바닷물처럼 짠하고 애틋한 장면들이 급습한다. 꽤 오래 기다려온 평온 중에도 창틀을 쥐고 흔드는 듯한 바람이 긴 고요를 깨뜨린다. 그때마다 귀를 틀어막고 아무것도 듣지 못하는 양 딴청을 피우고는 했다. 그러나 이제는 가만히 두 눈을 감고 나의 모서리를 매만지는 투박한 손을 떠올리면 잠잠해질 수 있다.

파도가 물러간 자리에 볼품없이 남겨진 나를 한결같이 어루만지는 사람이 있다는 사실을 기억해 내기. 아직은 조금 시간이 걸리지만 곧 모든 것이 아름답고 자연스러운 동작처럼 이어질 것이라 믿는다.

# 초록의 시간

초록은 바라보는 것만으로도 성장의 한가운데 있는 듯한 착각을 하게 한다. 잠시 멈춘 자리에서 긴 여행을, 이미 도착한 곳에서 새로운 여정을, 정체된 시절에 새로운 바람을 일게 하는 초록의 힘을 사랑한다.

# 흔적을 줍는 일

이부자리에 흩어진 머리칼.
아무렇게나 벗어 놓은 양말.
푹 꺼진 쇼파.
멀리 떨어져 있는 슬러퍼 짝.
싱크대에 남겨진 접시와 물잔.

도망치듯 밖을 나섰을 당신의 흔적을 줍는 일
로 나의 하루는 시작된다. 털고 쓸고 쏟고 담
으며 부재한 당신을 조심스럽게 어루어만진
다. 이곳에 없는 당신의 부피, 온도, 촉감, 냄
새를 쫓으며 사랑이라는 말 없이 사랑을 느끼
는 시간이다.

# 3부

---

## 저녁 그늘

## 슬픔을 모르는 슬픔

나의 슬픔은 슬픔을 모르는 슬픔. 아무도 모르게 조용히 삭는 나의 젊은 날. 슬픔에 머리 끝이 잠기면 새 슬픔은 겨우 잔물결을 일으키다 꼬르륵, 심연으로 사라져버린다. 퐁당퐁당. 내가 모르는 나의 슬픔이 늘어간다. 강가에 무심코 던져진 돌멩이처럼. 얼굴도 이름도 없이 버려지는 슬픔들.

# 외로움의 실재

외로움은 아무런 날도 아닐 때 빈 방을 두드린다. 텅 빈 공간을 고요하게 울리는 외로움의 실재.

축제와 축하가 사라진 날에는 나를 안아주는 팔이 없다. 시시콜콜한 사연에는 반짝이는 시선이 없다. 용건 없이는 전화벨이 울리지 않는다. 발자국이 늘지 않는 방 안에서 외로움이 주인 행세를 하는 밤에는 어떤 말도 대화가 되지 않는다.

# 망각

숨을 쉬는 법을 잊어버려야만 제대로 호흡할
수 있듯이 때로는 자신의 존재를 잊어야만 삶
을 만끽할 수 있다.

# 확장

깊어지든 넓어지든 방향이 무슨 문제가 될까.
우리의 세계가 제자리걸음에서 멈추지만 않는
다면.

# 희망씨

월수금 웃음을 터뜨리고 화목토 눈물을 흘리
며 마음에 감기가 든다. 따뜻하고 서늘한 날들
을 냉탕과 온탕처럼 오가는데 마음은 도리어
탄력을 잃는다. 다시는 제대로 걸을 수 없을
것처럼 축 늘어진 채 길가에 버려지는 날들.

그림자를 따라 걷다 불쑥 찾아오는 물음,
'쏟아진 마음들이 저마다 씨앗이 될 수 있을
까?' 여전히 내가 가진 것은 이러한 희망뿐이
다. 아니, 이러한 희망씨이다.

# 꿈

꿈이 깨지는 순간은 꿈을 이룬 직후라는 것을
누군가 내게 가르쳐 주었더라면 나는 꿈을 꾸
지 않는 아이가 되었을까.

　허나, 그랬더라면 내게 아이다운 유년은
없었을 거다. 들뜬 표정도 애태우는 마음도 없
이 무표정하고 권태로운 삶이었으리라. 몇 번
을 내쳐져도 아픈 줄 모르고 모자란 웃음을 터
뜨리며 행복하던 시절. 어쩌면 그 시간들이 꿈
이었는지도 모른다.

# 작은 이야기

작은 공연장과 작은 영화관을 사랑한다. 작은
공연장에서만 맡을 수 있는 냄새와 공기가 있
다. 큰 공연장에서는 도무지 볼 수 없는 뮤지
션의 땀방울과 번져버린 메이크업. 일정한 간
격으로 들려오는 노이즈, 속절없이 떨고 마는
그 목소리. 그곳에서만 완성되는 음악이 있다.
이에 중독되어 본 적 있는 사람이라면 큰 공연
장을 찾지 않는 이유가 값비싼 티켓값 때문만
이 아니라는 걸 안다.

　작은 영화관을 사랑하게 된 것은 불가피한
것이었다. 나의 호기심을 끄는 영화들은 커다
란 상영관에서는 만날 수 없었다. 마음을 끄는
작은 이야기를 만나기 위해 작은 상영관을 찾

기 시작했다. 조금은 수고스러웠지만 겨우 몸 하나 폭 담글 수 있는 욕조만 한 영화를 마주할 때 무어라 설명할 수 없는 안락함을 느꼈다.

크고 작음이 우열을 나타내지 않는다. 스피커로 크게 듣고 싶은 노래와 이어폰을 꼽고 은밀하게 듣고 싶은 노래가 있다. 수백 석의 상영관에서 보고 싶은 영화와 동네 작은 상영관에서 보고 싶은 영화는 다르다. 그런 이유로 아직은 작은 세계에서 목소리를 내고 있는 나를, 아쉬움도 연민도 없이 그저 사랑해 줬으면 한다.

# 곁눈질

분수에 맞지 않는 유난한 삶을 살았다. 누군가
의 시선을 받는 삶. 환대와 경계를 모두 그러
안는 삶. 좁은 엘리베이터 한가운데서 수많은
곁눈질과 침묵의 말을 견디는 삶. 겨우 십여
초의 시간.

　　겨우 십여 초의 시간이 쌓이고 쌓이면 누
군가의 한 시절이 된다. 한 시절은 한 인생의
좌우명을 바꿔 놓을 수 있다.

# 만 원 안팎의 세계

과자 한 봉지 값도 충실하게 오르는 시대에 도무지 오르지 않는 책값. 무엇을 눈치 보는 걸까.

고작 한 권의 책. 겨우 종이 뭉치에 불과한 것에 전부를 걸고 사는 사람들이 있다. 아침부터 저녁까지 납작하게 눌러 앉은 자리에 삶을 떼어두느라 야위어가고 가벼워지는 사람들이 있다. 고작 한 권의 책에 무려 한 사람의 인생이 담겨 있다. 만 원짜리 두 장이면 언제든 펼쳐볼 수 있는 이야기. 어쩌다 냄비받침이 되기도 하지만 이따금 누군가의 삶을 송두리째 바꿔버릴 수도 있는 이야기. 그토록 좁은 세계에 인생을 두고 사는 사람이 여기 하나 있다.

# 세계의 전복

책을 펴냈다고 해서 세상이 달라지지는 않는다. 다만, 나의 세계가 뒤집어진다.

의심이 확신으로
외로움이 충만함으로
외톨이에서 매일 낯선 이들의 시선을 얻는 행운아로.

　　세계의 전복은 얇은 종이 위에 얹어진 시선으로 충분하다.

# 자기합리화

소망보다 갈망을 먼저 배우며 어린 시절을 보
냈다. 어른이 되자 성실과 노력만으로는 도착
할 수 없는 곳이 있다는 것을 알았다. 울어도
아무것도 달라지지 않는다는 것을 알게 되자
스스로를 다독이는 방법을 터득했다.

변하지 않는 상황을 투정하기 보다 그럴
수밖에 없는 나름의 이유를 찾는 것. 이해되지
않을 때조차 스스로를 이해해 시키는 일, 자기
합리화는 나의 무기다. 비겁한 자기변명보다
는 다정한 자기변호에 가까운 일이다.

# 읽는 태도

글을 쓸 때보다 책을 읽을 때 더 자주 자세를 고친다. 엎드렸다가도 다시 허리를 세우고 턱을 괴었다가 벽에 기대어 보기도 한다. 고작 한 페이지를 넘기는 일에도 작은 긴장과 예의를 놓칠 수 없는 것은 그 얇은 종이 위에 어떤 삶이 수 놓여 있는지 알기 때문이다. 알맞은 단어를 고르고 골라 문장을 만들고, 문장들을 질서정연하게 늘어놓으며 단단한 문단을 만드는 일의 고단함과 짙은 보람을 안다.

문득, 농부들은 밥 한 술을 어떻게 떠 넣을까 궁금해진다. 요즘은 자주 엉뚱한 곳으로 생각이 샌다.

# 무음의 울음

외로움과 괴로움이 만나면 움움, 울음조차 소
리가 없다.

# 고요함

고요함 속에서 눈이 내린다. 문득 사방이 조용해질 때면 등을 진 창밖으로 눈이 내린다는 걸 알 수 있다. 고요하게 사방의 소음을 흡수하는 눈. 눈의 목소리는 침묵이다.

# 이 생은 처음이라

누구에게나 이 생은 처음이자 마지막이라는 것. 그러하기에 우리는 실수가 잦고 그토록 필사적이다. 이 사실을 떠올려 보면 '미워도 다시 한번' 세상에 용서할 수 없는 사람은 없다.

# 혼자 떠나는 여행

여러 사람들과 이야기를 나누는 중에도 종종 혼자만의 세계에 갇힌다. 공기 중을 떠도는 말들을 밧줄처럼 붙잡고서 아무도 모르는 곳으로 떠나곤 한다.

B 선배가 모임에 입고 나온 새파란 울 스웨터의 조직을 골똘히 보다 지난밤에 다큐멘터리에서 보았던 파란 브루네라를 떠올린다. 아주 작고 파란 꽃송이와는 대조적으로 커다랗게 피던 이파리의 촉감이 궁금해져 공연히 선배의 소매 끝을 매만졌다. 서로가 앞다투어 지난 삶의 하이라이트를 훑기 시작할 때 나는 그들의 표정과 목소리에서 냄새를 맡는다. 긴 여행을 마친 S가 잠시 머물러 사색에 잠겼다던 센강의 비릿내와 낭만을 훔치듯 맡는다. 그녀

다녔던 박물관과 유적지에 관한 감상은 흘려 버린 채 새벽 강가의 푸르름 속을 맨발로 걷는 상상을 하며 찻잔을 느리게 비워낸다. 자동차 정비공으로 일하는 C 후배의 직장 이야기를 듣다 보면 마치 코끝에 짙은 기름 냄새가 스치는 것만 같은 착각을 느끼기도 한다. 새하얀 와이셔츠에 깔끔하게 머리를 올려 정리한 그의 얼굴에 까만 기름이 묻으면 얼마나 의젓할까, 남몰래 웃음을 터뜨리기도 한다.

어릴 적엔 호기심이 많았고 자라면서 상상력이 더해졌다. 학원을 마치고 집으로 돌아가는 길에 골목에서 마주하는 수많은 대문을 보며 그곳에 사는 사람들의 얼굴, 마당의 모양을 상상하길 좋아했다. 그 탓에 어디서나 지각을 했다. 걸음이 느리고 가끔은 알 수 없는 말을 하는 아이. 어린 시절, 나의 수식어였다. 조금 더 자라서는 무엇이든 이야기로 만들기 좋아하는 학생이 되었고 결국, 글을 쓰는 사람이 되었다. 작은 잔을 보아도 그곳에 담겼을 수많은 커피와 차, 닿았을 숱한 입술을 상상하게 된다. 잔을 사이에 둔 채 흘렸을 사랑과 미움과 다정과 무심이 궁금하다. 정작 곁에 있는 이들의 말들은 놓친 채.

상상의 과잉이 결핍처럼 괴로울 때도 있었다. 상상은 눈을 감거나 귀를 막는다고 멈추지 않는다. 의식이 사라진 꿈속에서도 끊임없이 새로운 문장과 장면들을 마주하고 마는 유별난 삶에 피로를 느끼기도 했지만 이제 더는 상상을 멈추려 하지 않는다. 아무도 모르게 다녀오는 나만의 여행이라 생각하기로 했다. 글이라는 기념품이 남는 고요한 제자리 여행.

# 절대와 진리

'그럴 수도 있지.'라는 말을 습관처럼 뱉지만 가끔은 '그럴 수는 없어.'라고 말할 수밖에 없다.

타협과 관용이라는 말로 희뿌옇게 덮을 수 없는 진리를 말할 때, 나는 독선적인 인간이 된다. 손가락질을 받는대도 상관하지 않는다. 소극적인 평안, 미지근한 믿음으로 살아가기에는 나는 이미 너무 깊고 짙은 사랑의 골짜기 안에 있다.

# 버리는 연습

새 계절이 올 때마다 커다란 쓰레기통을 떠올린다. 헌 계절이 가고 새 계절이 올 때마다 무언가 버려야 한다. 유행이 지난 옷과 해진 옷, 작아진 옷을 버리며 옷장을 정리한다. 오래 두어 상해버린 채소와 음식을 쏟아 버리며 냉장고를 비워낸다. 제때 내다 버리지 않으면 멀쩡한 것마저 곪게 된다는 것을 이제는 안다.

　　비워야 할 기억들을 몰래 떼어다가 마음 깊은 곳에 차곡차곡 숨겨두면 안전할 거라 믿었던 시절이 있었다. 녹색 스웨터를 좋아하던 친구, 노란 스카프를 선물해 준 이, 지난여름에 함께 잘라먹었던 수박……. 계절과 함께 사라져버린 이들의 흔적을 더듬거렸지만 놓쳐버린 것들은 다시 돌아오지 않았다.

새롭게 시작할 관계, 맛있는 재철의 대화, 새
계절을 감각하며 반짝거리는 나. 지금, 여기
의 행복…….

추억에 매여 놓쳐버리기에는 너무도 찬란
한 이 계절을 제대로 마주하고 싶다. 그러기
위해 가장 먼저 지난 계절의 부스러기들을 고
집스럽게 비워내야만 한다. 계절이 바뀔 때
나는 두 눈을 감고 커다란 쓰레기통을 떠올린
다.

# 행복할 자격

결코 순탄한 적은 없었으나 아침이 기다려지는 삶이었다. 자주 울었지만 내 울음에는 기쁨의 몫도 적지 않았다. 그러나 행복을 자주 말하지는 못했다. 행복보다는 평안을 바라며 살아왔는지도 모른다. 지루할 틈 없이 찾아오는 위기와 갈등을 내쫓으며 다행과 평안만으로 자족할 줄 알았다. 삶을 긍정했어도 산뜻한 행복을 느끼는 순간은 얼마 되지 않았다. 매일 행복에 겨워 아침을 여는 요즘에서야, 작은 안도에 가깝던 지난 날이 가엽다.

여전히 자신에게 인색한 탓에 행복의 몫을 묻곤 한다. '지금 내 형편에 이토록 행복해도 괜찮은가?' 불현듯 불안이 찾아온다. 그럴 때마다 뒤로 숨으려다 말고, 나를 사랑하는 이들의 말을 움켜쥔다.

'틀림없이 너를 기다린 행복'이라는 그 말.


다름 아닌 나를 기다린 그 행복. 어쩌면 나
도 아주 오래 기다린 그 행복. 행복에는 어떠
한 자격도 상황도 필요하지 않다. 붙잡아 마음
껏 누리겠다는 선량한 이기심만 있다면 충분
하다.

# 형벌과 축복

살아간다는 것이 이따금 형벌처럼 느껴진다는
이의 말을 반박할 수 없는 날이 있다. 숟가락
을 떠서 국을 삼키는 일마저 버거울 때가 있으
니까. 며칠 밤 설레며 기다렸던 소풍날에 비가
내려서 교실에서 꾸역꾸역 먹는 김밥처럼 서
럽고 맛없는 날들의 연속, 늘 홀로 짝이 없는
홀수의 자리를 지키는 기분, 가만히 제 자리를
지켰을 뿐인데 뒤로 물러서고 있는 듯한 도태
감에 완전히 패배하는 날.

　창밖의 계절은 나와 상관없다는 듯 이불을
뒤집어쓴 채 잠 속으로 도망치려고 해도 무의
식의 세계조차 나를 환영하지 않을 때, 나에게
도착한 초대장이 있다. 헤아릴 수 없을 만큼
먼 곳에서 아주 오래전부터 나를 알고 있었다

는 이야기가 적혀 있는 한 뼘의 책. 산다는 게 형벌 같으나 동시에 다시없을 축복이라는 것을 수천 년에 걸쳐 이야기하는 책.

작은 바람에도 펄럭거리는 얇은 종이를 붙들고 해묵은 눈물을 쏟으며 어두운 이불 속을 빠져나왔다. 그날로부터 삶은 더 이상 형벌이 아니다. 창밖으로 내리는 비를 보며 돋아날 새싹을 기대할 수 있다. 홀수의 자리를 지키는 즐거움을 알았고 앞서지 않는 지혜를 배웠다. 여전히 때때로 형벌 같은 모습을 하지만 삶은 분명한 축복이다.

# 물병

살다보니 어떤 모양으로 생겼는지는 중요하지 않다. 그 안에 무엇이 얼마나 담겨 있는지, 내면이 어떤 모양으로 찰랑거리고 있는지 알게 되면 그밖의 것에는 시야가 흐려지기 마련이다.

배가 볼록한 항아리도 허리가 잘록한 콜라병도 깨끗한 물을 담으면 물병이 된다. 버려진 페트병을 투박하게 잘라서 꽃을 꽂아 두면 투명하게 반짝이는 꽃병이 되듯이 생김새는 중요하지 않다. 무엇을 담을 것인가. 삶의 용도와 방향성은 고작 몇 초의 눈맞춤으로 읽어내릴 수 없는 것이다.

나는 시간이 갈수록 사람을 오래, 꿰뚫어보기
좋아하는 사람이 된다.

# 시

한때 시를 사랑했다. 알 수 없는 관계 속에 삐쭉 놓여 있는 단어들과 막연한 서글픔과 외로움 같은 것을 사랑했다. 불투명해서 더욱 아름다운 틈과 여지를 일찍이 알았다.

불투명한 사랑을 자랑처럼 여기던 나는 세상을 알아가며 불확실함을 불안으로 읽는 어른으로 자랐다. 모르는 것은 손가락으로 짚어가며 악착같이 알아내며 내가 얻은 것이라고는 집요한 성실함과 지루한 선명함 같은 것이 전부다. 그리하여 시를 사랑할 수 없는 마음의 주름들. 모르는 것은 몰라도 괜찮다는 사실을 잊지 않았더라면 나는 지금도 시를 사랑하고 있었을지도 모른다.

모르는 것을 모를 수 있던 시절에만 가능한
사랑이 있다.

# 닮은 사람

종종 나를 봤다는 사람들에게서 전화가 걸려온다. 사방이 벽과 문으로 둘러싸인 곳에서 홀로 분투하고 있는 나를 보았을 리가 없는데, 반가운 기색으로 나를 찾는 사람들. 내가 아닌 닮은 사람이라는 사실을 믿을 수 없다는 목소리를 들으면 적막뿐인 이곳에 온기가 번진다.

　낮게 묶은 머리에서, 깡마른 얼굴에서, 씩씩하게 걷는 걸음에서, 낮고 분명한 목소리에서 나를 찾았다는 말에 그들에게 각인된 나의 조각들을 찾는다. '아무래도 지금, 너를 본 것 같아.' 지나치지 않고 나를 불러 세워 알은체를 하고 싶어하는 그 마음들을 오래도록 먹고 싶다.

그리하여 고요한 가운데 머물러 있는 나를 부
디 잊지 말고 찾아주기를.

# 동경

신중하게 머물고 가차 없이 떠나는 삶을 살고
싶다. 여전히 나의 어제들은 바람과는 반대로
흘러왔지만 새 아침이 오면 다짐한다.

　'신중히, 그러나 가차 없이 살아갈 것.'
　'긴 뜸을 들이듯 머물 것.'
　'떠나야 할 때를 아는 낙화처럼 기꺼이 아
름답게 스러져 갈 것.'

# 사과와 사랑

납득할 이유 없이 미안해야만 하는 상황에 처하는 일은 괴롭다. 더 마음을 썼다는 이유로 서운함을 토로하는 사람에게 자연히 낮추게 되는 몸과 말에 마음이 다칠 때가 있다. 나의 마음은, 나의 사랑은 이따금 느리고 지나치게 고요해서 서운함도 괴로움도 무너지듯 삼켜버리고 아무도 모르게 안으로 곯는다. 당신에게 닿은 나의 수십 번의 사과, 그 안쪽이 곯아 있을지도 모른다.

# 겨울방학

겨울잠을 잔다. 지난 계절들에 빌려준 잠들을 갚는 건 겨울의 몫인지 지독하던 불면증도 겨울 앞에서는 힘을 쓰지 못한다. 걸을 때면 어딘가 들어가 앉고 싶고 앉아 있을 때면 기댈 곳을 찾는다. 마치 지독한 시차를 겪는 사람처럼.

봄부터 가을까지 부단히 책을 찾아주던 이들도 모두 잠든 듯 고요한 겨울에는 잠을 자는 것만이 유일한 생산 활동처럼 느껴질 때가 있다. 자칫 방심하면 비참한 마음이 차오른다. 그럴 때면 지나치게 부지런하고 철저하던 지난 계절들을 탓하며 비몽사몽의 겨울을 다독인다. '무엇보다도 건강하고 씩씩할 것.' 외면되기 부지기수였던 삶의 방향을 다시 세운다.

겨울방학을 맞이한 곰처럼 나만의 동굴을 깊이 파고 들어가서 비밀스러운 이야기를 써보는 것도 좋겠다. 쓰는 일이 놀이였던 시절은 너무 멀어졌는지도 모른다. 다음으로 미뤘던 영화와 책에 푹 빠져 지내는 것도 좋겠다. 너무 오래 목소리를 내는 것에 열중했으니. 잠시 머물고 저 멀리 멀어질 이 겨울에 되찾아야 할 것들이 벌써 이만큼이나 많다.

## 이름 없음

괴로운 날에는 한 줄도 쓸 수 없다. 공기 중을 떠다니는 불안에 언어를 내어주고 나면 영영 곁을 떠나지 않을 것 같아서. 언어에는 무엇보다 큰 힘이 있다는 걸 알기에 언제나 나의 가장 큰 괴로움과 가장 깊은 수렁에는 이름이 없다.

# 4부

한밤 산책

# 봉우리 결말

세상 모든 일이 약속처럼 결과로 이어지는 건 아니다. 어떠한 일은 과정으로 끝나기도 한다. 이를 두고 시시하다고 할 것인가, 아름답다고 할 것인가. 정해진 답은 없다.

　　모든 꽃이 만개하기를 바라는 것이 욕심이라는 것은 씨앗을 심어본 사람이라면 알 수 있다. 어떤 꽃은 만개하려던 그 순간, 봉우리를 떨구기도 한다. 그러나 누구도 떨어진 봉우리를 보며 시시하다고 말하지 않는다.

# 조약돌

길을 만드는 일이 반드시 거창할 필요는 없다. 긴 터널을 빠져나오는 방향을 알려주는 작은 조약돌이라도 충분하다. 당신이 오래 움켜쥐고 있는 그 작은 돌로도 누군가는 긴 터널에서 빠져나올 수 있다.

## 순종

가장 능동적인 행함은 순종인지도 모른다.
절대적인 대상을 향한 것이라면.

# 가장 먼 곳

누군가의 부고 소식을 들었다. 나와 직접적으로 닿아 있는 이는 아니었음에도 '사망', '고인'이라는 단어에 가슴이 내려앉는다. 죽음이라는 문을 통과한 이들은 살아 있는 자들과 가장 먼 곳에 있는 듯 아득하다. 곁에 살았다는 게 마치 하나의 전설처럼 하이얀 연기처럼 희미해지는 기억들.

사람이 언제 죽는다고 생각하냐는 물음에 사람들에게 잊혀질 때라고 말하는 이유를 알겠다.

# 책임

책임이라는 것은 무릎을 좁게 세워둔 비행기 좌석 같다. 누군가 저 편하자고 의자를 뒤로 젖히기 시작하면 줄지어 선 의자들은 마치 약속이라도 한 듯 도미노처럼 눕기 시작한다. 지그시 두 눈을 감은 채 누워 있는 모양으로는 작은 난기류에도 휘청일 수 있다. 위태로운 비행을 끝내기 위해서 누군가는 무릎을 좁게 세우고 허리를 곧추세워야 한다.

# 어른

지난밤에 잠시 이야기를 나누었던 중년의 여인은 자주 울듯 말듯한 표정이 되었다. 활짝 웃다가도 코끝과 눈가가 자주 붉게 물들었다. 품에서 꺼낸 색이 바란 손수건으로 조심스럽게 눈물을 닦던 그녀를 보며 메모장을 켰다.

'나이가 들면 웃으면서도 울 수 있다.'

의지와는 상관없이 새어 나오는 눈물을 민망한 듯 훔치는 가녀린 손끝을 오래 바라보았다. 나이가 드는 일이 꼭 무언가 빼앗기기만 하는 일은 아니라는 생각이 들었다. 엉뚱하게도.

# 선택지

취향을 가졌다는 것은 선택지를 가졌다는 것.
무엇을 좋아하고 싫어하는지, 내가 어떤 사람
인지 사유할 수 있는 기회는 모두에게 허락되
지 않는다.

　　내가 있는 곳에서 비행기를 네 번 갈아타
야만 도착할 수 있는 아주 멀고 가난한 나라의
이야기를 들었다. 그곳에는 매일 같은 옷차림
으로 매일 같이 고된 일을 하며 평생을 보내는
사람들이 산다. 다른 삶이 있을 것이라고는 생
각조차 하지 못한 채 주어진 몫을 안고 살아가
는.

# 적의 없는 훼방

시끄럽게 떠드는 몇 사람들이 카페에 들어서면서 한가로이 글을 쓰려던 나의 주말 오후가 망가졌다. 불편한 시선에도 아랑곳 없이 욕설과 함께 예고 없이 대포 같은 웃음을 터뜨린다. 그때마다 깜짝 놀라, 빨대를 타고 올라온 패션후르츠 알갱이를 그대로 삼켜버린다. 잘근잘근 씹으며 천천히 음미하고 싶었던 단맛의 과육을 해치우듯 삼켜버리고 진척이 있던 글쓰기는 그대로 멈췄다. 차마 눈을 흘길 용기는 없어서 턱을 괸 채 창밖을 바라본다. 어디서부터 잘못된 걸까.

'분명한 적의 없이도 크고 작은 해를 끼칠 만큼 우리는 서툴고 무지하다.'

활자를 무기처럼 휘두르려다 말고, 문득 끼쳐오는 생각에 방향을 선회한다. 나의 어제도 순진한 얼굴을 한 채 누군가의 아침과 오후를 망쳤을지도 모른다.

# 반쪽 세계

현실을 감춘 낭만과 낭만을 허용하지 않는 현실이 불편하다. 현실을 무시하는 낭만주의는 지루한 동화 속 세상. 이가 썩을 것만 같은 달콤함에는 웃음보다 몸서리가 난다. 낭만 한 톨 허용하지 않는 현실은 바싹 말라비틀어진 오징어 다리처럼 잘근잘근 씹을수록 어금니만 아플 뿐, 나아갈 힘도 결의도 찾을 수 없다.

세상이 온통 반쪽짜리에 불과한 이야기들에 열을 내기에 티브이를 껐다. 맥없이 기울어지고 싶지 않아서.

# 단정한 진심

'미안한데'라는 말에는 사과가 없다. '사랑은 하지만'이라는 말처럼 사랑과 먼 고백이 없듯이. 진심은 딴죽을 걸듯 쏟아지지 않는다.

진심은 언제나 단정한 마침표 안에 고요히 담겨 있다.

# 캐리어

좁은 마음에 커다란 짐짝 같은 근심을 안고도
무너지지 않을 수 있었던 것은 유별난 능력을
가졌기 때문이 아니었다. 내다 버릴 수 없는
크고 작은 상처와 기억을 얇고 좁은 마음 구석
구석에 잘 넣어 두었기 때문이다. 상처 없이
살 수 없는 세상이라면 지금 우리에게 필요한
건 남겨진 상처들이 와르르 무너지지 않도록
차곡차곡 잘 쌓아두는 기술이다.

# 오역

언어가 다른 이들에게 호기심 다음으로 느끼는 감정은 두려움이다. 제대로 듣지 못하여 생기는 오해와 제대로 읽지 못해 발생하는 오역에 대한 두려움. 사심 없는 표정과 손짓마저 트리거가 될 수 있다는 불안감은 적은 말과 최소한의 움직임을 데려온다. 불충분한 상호작용 끝에는 필연적인 오해가 도착한다.

모국어는 같지만 제대로 들을 수도 읽을 수도 없는 이들을 종종 마주한다. 파란 눈의 이방인을 마주했을 때보다 더 큰 두려움을 느낀다. 나누는 말들은 결코 대화가 되지 못한다. 인정은 하지만 이해는 할 수 없는, 이해는 하나 인정은 할 수 없어 발생하는 반쪽짜리 결

론. 맥락을 이해하지 못하면 단어와 서술어는
단지 하얀 종이 위에 뿌려진 까만 먹에 불과
하다. 그럼에도 불구하고 다행인 것은 나는 여
전히 당신을 해석하기를 갈망한다는 것.

그럼에도 불구하고, 불행인 것은 많은 경우에 당신에게 나는 이방의 언어로 쓰여진 책처럼 단지 몇 번 들추어졌을 뿐. 깊은 이해도 온전한 인정도 아직은 먼 곳에 있다는 것.

# 12월 13일

아무것도 이룬 것이 없다는 착각 없이 12월을 건너올 수는 없을까.

12월 13일, 어느 카페에 앉아 생각한다. 여전히 남아 있는 한 해를 섣부르게 종결하려 들지만 않아도 아직 희망은 있다. 새롭게 열 수 있는 아침이 남아있다. 주워 담을 수 없는 말과 무를 수 없는 일만 있는 게 아니다. 여전히 나눌 수 있는 대화가, 다시 시작할 수 있는 일들이 아직 남아 있다. 경기를 다 끝내지 않고 백기를 던질 수는 없다. 이미 많은 사람들이 등을 졌지만, 나는 좁게 열린 문 틈 사이에서 여전히 불어오는 새 바람을 감각하고 싶다.

# 속지 못하는 마음

'쓰는 내내 불행했으니 읽는 당신은 행복하기만 하라'는 문장이 새겨진 어느 책의 띠지를 보니 웃음이 샜다. 슬픔을 닮아 고요한 웃음.

　나는 불행한 사람이 쓴 행복을 읽고 행복할 자신이 없다. 기쁨이 없는 사람이 부르는 노래에 춤출 수 없다. 사랑이 없는 고백에는 도무지 속을 수가 없다. 나는 환한 웃음 속에서도 그늘진 시간을 읽을 수 있는 사람으로 태어나 일찍이 세상은 서글픔으로 가득하다는 것을 알았다. 그럼에도 기쁨과 사랑이 숨어 있는 곳이라는 것을 늦게나마 깨달았다.

　만일 '쓰는 내내 불행했으나 그 가운데 숨어 있는 행복을 기어코 찾아내고야 말았다.'

는 문장이 새겨져 있었더라면 지금쯤 그 책은
내 무릎 위에 펼쳐져 있었을지도 모른다.

# 새치기

나를 서운하게 만들던 사람들은 종종 서운하다는 말마저 새치기를 하듯 가로채갔다.

# 감정의 기억력

드라마에서 사고로 머리를 다친 주인공이 자신이 사랑했던 사람은 기억하지 못하지만 그와 함께 듣던 노래에 눈물을 흘리는 모습을 본 적 있다. 누구와 어디서 듣던 노래인지는 모르지만 세상 처연한 얼굴로 아득한 그리움을 삼키던 얼굴을 보다가 이따금 길을 걸으며 아무 이유 없이 와르르 무너질 것만 같은 마음이 무너져 내리는 듯한 감정의 근원지를 추적하고 싶어졌다. 언젠가 아무도 모르게 다쳐서 긴 잠에 들다 깨어난 적이 있지는 않을까. 강한 충격 탓에 인지에는 문제가 생겼지만 슬픔이라는 감정만은 눈치 없이 눌러 붙어서 계절이 바뀔 때마다 살랑거리는 바람결에 툭 불거지고 마는 것은 아닐까.

겨우내 말라붙었던 가지에 작은 새순이 돋는 모양만 보아도 울고 싶어지는, 작은 아이들이 손을 잡고 천천히 신호등을 건너가는 모양만 보아도 감격이 차오르는, 창밖에서 불어오는 먼지 냄새에 알듯 말듯한 문장들이 산발적으로 떠오르는 이유는 내가 남들보다 유난히 긴 감정의 기억력을 가진 탓일지도 모른다.

# 감긴 눈과 얼굴들

앞을 볼 수 없는 이들도 종종 꿈속에서 파란 하늘과 푸른 숲을 본다고 한다. 오래 갇혀 있던 두 눈은 그리운 이의 하얀 얼굴을 오래도록 기억하기 위해서 필사적인 춤을 추었을 것이다. 하얀 새벽이 지나가고 반드시 깨고 마는 꿈. 희망이 곧 악몽이 되고 마는 허무와 좌절쯤은 몇 번이라도 기꺼이 겪겠다던 이의 작은 입술을 오래도록 보았다. 마치 결의라도 하듯 작고 단단하게 오므렸다 펴지던 입술은 처연하기보다 용감해 보였다.

며칠째 이루지 못하는 잠을 포기하고 일찍이 몸을 일으켰다. 푸른 새벽빛이 물든 소파에 비스듬히 기대어 잠시 눈을 감았다. 뜬 눈으로

는 마주할 수 없는 이들을 푸른 어둠 속으로
불러내어 본다. 감은 두 눈으로만 마주할 수
있는 얼굴들에게 입술을 작게 달싹이며 전한
말은 누구에게도 들키고 싶지 않다.

## 아낌없이 갉아먹는

제시간을 아끼기 위해서라면 타인의 시간쯤 가볍게 잡아먹는 사람. 몇 푼의 돈을 아끼기 위해 타인의 몫은 우습게 갉아먹는 사람.

그들이 지키고 싶은 것은 시간과 돈일까, 제 자신일까. 진정 시간과 돈을 소중히 대하는 사람에게는 예외란 없다. 타인의 것도 내 것만큼 소중하게 지켜줄 줄 안다.

# 경계

불안은 불행에서 올까, 부지(不知)에서 올까. 파리한 얼굴로 선고를 기다리는 수감자와 병자의 얼굴에 드리워진 불안의 그림자를 이따금 거울 속에서 마주하곤 한다. 더는 모르는 체할 수 없는 삶의 임계를 확인하는 그 순간, 뺨을 타고 흐르는 한 줄기의 눈물이 가장 먼저 통과하는 곳은 얕은 안도일 것이다.

불안의 끝을, 마침내, 비로소, 기어코, 알고야 말았으니. 다음으로 도착하는 곳이 불행이든 다행이든, 적어도 수만 가지의 가설을 세우며 말라가는 일은 관두게 되었으니까.

# 방황과 여행

목적지를 지나치는 바람에 되돌아가야 하는 길과 너무 일찍 내려서 더 가야 하는 길 중 어느 길이 더 괴로울까. 어떤 마음인지가 중요할 거다. 이미 지나쳐왔기에 안도할 수 있고 아직 가보지 않아서 기대할 수 있다면 헤매는 중에도 여행자가 될 수 있다.

# 내의

바람이 거센 날에는 두꺼운 외투보다 얇은 내
의 한 장을 잘 챙겨 입는 것이 좋다.

# 나아가야 할 길

아무리 해도 길이 보이지 않을 때 우리가 바꾸어야 하는 것은 방향이 아니라 방법 혹은 태도일지도 모른다. 아무래도 이 길이 아닌 것 같다며 제 발을 꺾고 질질 끌려가듯 다른 길을 간다고 해도 막다른 골목을 마주할 수 있다.

아무리 가도 길이 보이지 않는다면 걷기를 포기하고 배를 타거나 잠시 쉬었다가 비행기를 타자. 눈 앞에 막다른 벽이 끝이 아니라는 알게 되면 그토록 도착하고 싶었던 곳에 두 발을 디딜 수 있을 테니까. 그러니까 아직 우리의 지난 걸음이 젊음을 낭비한 과오가 아니다. 아직은.

## 조건 없음

조건 없음의 유일한 조건은 무한한 믿음.

# 열린 결말

지금, 여기가 마지막 장은 아니다. 우리에게는 여전히 빈 페이지가 남아 있다. 나의 바람과 경험과 관계없이 이 생은 언제나 현재 진행형이다. 우리가 생을 감각하는 순간만큼은 언제라도 열린 결말이다. 어디선가 툭 나타나 나를 기쁘게 해 줄 새로운 등장인물을 만날 수 있다. 언제라도 뜻밖의 위기와 절정을 마주할 수 있다.

우리가 우리의 생을 감히 스스로 닫지 않는다면 신께서 우리를 향하여 펼쳐 놓은 새로운 챕터는 언제나 우리를 향하여 다가오고 있다. 틀림없는 속도와 방향으로.

# 아늑한 방

사람들과 함께하는 중에도 나는 종종 혼자가 된다. 여러 이름으로 모였다 흩어지는 이들이 상기된 얼굴로 지난 소식을 업데이트하고 신나게 잔을 부딪히며 부지런히 소음을 만드는 중에도 나는 다만 장단을 맞출 뿐이다. 누군가의 동료, 혹은 선배, 후배로서 제 배역을 잘 해내고 싶은 마음에 이따금 주책을 떨기도 하고 짐짓 심각해지기도 한다. 그럼에도 불구하고 나는 그들과 온전히 섞이거나 스며들지 못한다. 얇은 막을 사이에 둔 채 함께하는 기분을 좀처럼 떨치지 못한다. 누구와 있든 상관없이 나의 움직임은 '우리'의 춤이 될 수 없고 나의 목소리는 '우리'의 노래가 되지 못한다. 어딘가 겉돌고 있다는 마음은 어디로부터 온 걸까.

어릴 적에 초대 받은 생일파티에서 나는 늘 소파 맨 끝에 걸터 앉은 아이였다. 준비된 간식이 부족해서 혼자 빈손으로 앉아 있어도 아주 슬프지는 않았다. 집으로 돌아가면 먹을 수 있는 간식이 있었으니까. 어른이 되고 나서는 늘 먼저 자리를 일어서는 사람이 되었다. 실수 없이 깔끔한 사람이라는 말을 듣지만, 사람들이 나를 조금은 어려워 한다는 것도 안다. 민낯과 알몸을 보이고도 아직 더 보여야 할 것은 무엇일까.

　자리를 옮겨 이야기를 더 나눈다는 사람들을 등진 채 집으로 돌아가는 길에 문득 생각했다. 돌아가고 싶은 곳이 있어 다행이라고. 어쩌면 나는 선천적 외톨이가 아니라 너무 일찍 안으로 채우며 충분해지고 아늑해지는 방법을 알고 있었는지도 모르겠다.

에필로그

어김없이 눈을 뜨자마자 작업실로 향한 날,

우연히 까만 모니터를 보는데 하얀 낮달이

희미하게 비치는 거예요. 마치 저 같았어요.

아무도 모르지만 늘 같은 자리를 지키는 게.

언젠가 더 밝게 높이 떠오를 날을 고대하며

고요한 고독을, 희미한 시간을 버티는 존재들을

위해 이 이야기는 시작되었어요.

그러니까 이 이야기는 당신을 위한 이야기예요.


*


달과 별을 보고 아름답다고 생각하지 않은 것은

아니었지만 가깝게 느껴지는 찬란함은 아니었

다. 어디가 시작이고 끝인지 알 수 없는 밤하늘

위에서 쉬지 않고 반짝거리는 것을 보며 누군가

는 위로를 받고 꿈을 키울 수 있었다는데, 나는

도리어 위축되고는 했다. 나의 유년은 활기찼지

만 작은 그늘과 함께 자라났고 나의 젊은 언제나

눈물을 머금은 채 웃고 있었기에 한 치의 망설임 찬란히 빛을 발하는 달은 나와는 상관없어 보였다. '모두가 반짝거리는 것을 사랑한다면 나 하나쯤은 그렇지 않은 것을 사랑하겠' 노라고 습관처럼 다짐하던 삶이었기에 나는 부러 달과 별에 무심한 체 하곤 했다.

열 번째 책의 이름이 『낮달의 시간』이 된 것은 필연적 발견 때문이었다. 어느 이른 아침, 창백한 얼굴로 도착한 작업실에서 우연히 까만 모니터에 비친 하얀 낮달을 발견했다. 먼지가 앉은 줄 알고 티슈로 모니터를 문지르다 두 눈을 문지르고, 이내 그것이 고요하고 희미하게 떠 있는 낮달이라는 것을 깨닫던 그 순간. 아주 이상하게도 눈물 한 줄기가 왼 뺨을 타고 흘렀던 걸 기억한다. 까만 한밤중만이 아니라 하얀 대낮에도 늘 같은 자리를 고독하게 지키고 있는 게 꼭 나 같다는 생각을 했다. 일평생 벌어져 있던 달과 나의 간극이 한순간 좁혀지고, 더 나아가 일체시

되는 순간이었다.

　작가로 살기로 작정한 후 매일 같이 고독과 희미함과 사투를 벌인다. 한 뼘의 자리를 벗어나지 못한 채 진공의 시간을 보내며 소리 없는 활자들과 줄다리기한다. 근사하고 아름다운 일인 동시에 처절하고 필사적인 일이다. 마치, 수면 아래에서 쉬지 않고 발을 움직이는 백조처럼 매 분 매 초 수많은 감정을 오가는 일은 늘 처음처럼 새롭게 기쁘고 낯설게 무너지는 일이다. 시간이 흐르고 조금은 더 읽히고 조금은 덜 감춰졌지만 여전히 나의 이름은 유명보다는 무명에 가깝다. 9년 차 작가가 되었지만 나를 소개하기 위해서는 여전히 많은 문장이 필요하다. 한없이 희미해지다 이내 투명해지고 마는 시간을, 오래, 지나왔다. 어쩌면, 앞으로도, 더 오래, 아니, 영원히 발견되지 않을 수도 있다는 생각을 했다. 나도 모르는 사이에 나의 정점을 이미 경험했을지도 모른다는, 묘한 슬픔과 감사 같은 게 뒤엉켰

을 때 책을 쓰기 시작했다. 애매하게 느껴지는
지금의 삶이 사실은 가장 찬란하고 아름다운 순
간일지도 모른다는 것이 절망보다는 희망으로
읽혔다. 기준을 바꾸면 보다 현실을 가뿐하게 누
릴 수 있다.

　한낮의 달을 자주 찾게 되었다. 먼지처럼 작
고 낱장의 휴지처럼 희미한 조각을 비밀스러운
응원처럼 여기며 긴 계절을 났다. 희미한 낮달이
초저녁부터 조금씩 존재감을 드러낼 때 더 행복
해지는 것은 아니었다. 희미한 낮을 지나오지
않았더라면 한밤중 달빛에 감격할 수 없었으리
라. 언제부턴가 나는 밤보다 더 자주 낮에 달과
눈을 맞췄다. 어쩌면 지금 나의 문장과 눈을 맞
추는 당신도 이 마음을 알고 있을까?
　모두가 알지 못한다고 해서 누구도 알지 못
하는 것은 아니다. 모두가 안다고 해서 누구나
그것을 사랑하는 것은 아닌 것처럼. 다시 좁고

깊은 골을 파며 살기로 다짐한다. 여전히 나는 낮달의 시간에 있다. 아직은 희미하지만 머지않아 조금씩 선명해져 갈 나의 문장, 삶을 앞서 기대하지 않고 흐르는 대로 흘러가보기로 작정한다.

아침 바람과 오후의 허밍, 저녁의 바람, 한밤의 산책. 그 어느것도 건너뛰지 않고 충실히 고요히 비밀스럽게 누리고 쓰고 쉬며 삶을 윤나게 가꾸어 나가고 싶다. 이미 이룬 삶만큼이나 무엇인가 되어가는 중에 있는 삶이 얼마나 찬란하고 아름다운지를 결코 잊지 않으며. 이 책은 현재 진행형의 사람들을 위한 것이다.

아직, 여전히, 꿈을 꾸고
실수와 성장을 반복하는 이들에게
시끄럽지 않게 닿을 위로가 되기를 바라며 썼다.

희미하기에 아름다운 우리의 낮은 누군가의 밤
보다 더 찬란하다.

가랑비메이커

2024.05

문장과장면들은 우리가 이야기하는 방식입니다.

우리는 세상에 작은 빛을 전하기 위해 책을 펴냅니다.

Sentence and scenes are the way we talk.

We publish books to give the world a little light,

wtih jesus.